Exemplaire de Barre

VENTE
du Lundi 15 Décembre 1873
HOTEL DROUOT, SALLE N° 3

COLLECTION D'UN AMATEUR

TABLEAUX ANCIENS

PARMI LESQUELS

DEUX MAGNIFIQUES PORTRAITS DE F. DETROY

OBJETS D'ART

DES ÉPOQUES LOUIS XIV ET LOUIS XVI

EXPOSITION

PARTICULIÈRE	PUBLIQUE
Le samedi 13 décembre 1873	Le dimanche 14 décembre 1873

Mᵉ CHARLES OUDART, COMMISSAIRE-PRISEUR.

M. ÉMILE BARRE, EXPERT.

CONDITIONS DE LA VENTE.

Elle sera faite au comptant.

Les acquéreurs payeront *cinq centimes par franc*, en sus des enchères, applicables aux frais.

L'Exposition mettant les Adjudicataires à même de se rendre compte de l'état et de la nature des objets, il ne sera admis aucune réclamation une fois l'adjudication prononcée.

CATALOGUE

DE

33 TABLEAUX

ANCIENS

DES ÉCOLES FRANÇAISE ET HOLLANDAISE

PARMI LESQUELS

DEUX MAGNIFIQUES PORTRAITS DE FEMMES DE F. DETROY

OBJETS D'ART LOUIS XIV ET LOUIS XVI

COMMODE ET BUREAU LOUIS XVI

BEAUX CABINETS LOUIS XIV, PENDULES ET CANDÉLABRES LOUIS XVI

BUSTES ET STATUETTE EN MARBRE

COMPOSANT LA COLLECTION D'UN AMATEUR

Dont la vente aura lieu

HOTEL DROUOT, SALLE N° 3

Le Lundi 15 Décembre 1873

A 3 HEURES

COMMISSAIRE-PRISEUR	EXPERT
M° CHARLES OUDART	M. ÉMILE BARRE
31, rue Le Peletier.	20, Chaussée-d'Antin.

Chez lesquels on trouve le Catalogue

———

EXPOSITIONS

PARTICULIÈRE	PUBLIQUE
Le samedi 13 décembre 1873	Le dimanche 14 décembre 1873

DE 1 HEURE ET DEMIE A 5 HEURES.

DÉSIGNATION

BOILLY

1. — Portrait d'une Petite Fille.

Elle est représentée en buste, la tête nue, une chemisette attachée aux épaules.

BOSSAER (1714, *Signé*)

2. — Le Galant Chasseur.

Pendant que les dames et les seigneurs sont attablés au fond d'un appartement, un chasseur en costume polonais cherche à séduire la femme occupée aux soins de la cuisine. Deux jeunes aides examinent cette scène avec curiosité. Divers accessoires de ménage se trouvent au premier plan.

BOSSAER (1714, *Signé*)

3. — Le Marchand de vin flamand.

Au premier plan on voit des tonneaux de vin qu'un jeune garçon est occupé à vider à l'aide d'une bassine; plus loin, un autre offre à boire dans une tasse, à une jeune femme et son enfant, le vin qu'il vient de soutirer. — Son maître qu'il n'aperçoit pas le regarde par la fenêtre en le menaçant.

Ces deux charmantes compositions forment pendants.

BREUGHEL DE VELOURS

4. — Le Débarquement.

Au bord d'un canal où l'on voit un grand nombre de personnages occupés les uns à acheter du poisson que l'on vient d'apporter, les autres à causer, divers bateaux de pêche et de plaisance, dont un contenant une nombreuse réunion, s'apprêtent à débarquer. — Au premier plan un moulin, et dans le fond un village qui s'étend le long du canal.

Tableau sur cuivre d'une fine exécution

CANALETTI

5. — Vue du Grand Canal à Venise.

Un grand nombre de palais, aux capricieux ornements, se reflètent dans les eaux du canal, qui est sillonné de gondoles de toutes formes.

Composition importante du maître enrichie d'un grand nombre de figures.

DIETRICH

6. — Le Choix du modèle.

Un artiste dans son atelier examine avec soin la femme qu'il doit garder comme modèle parmi celles qui lui ont été présentées.

DETROY (François) (*Signé*)

7. — Portrait de Dame de la cour de Louis XIV, en Naïade.

Elle est représentée la tête entourée de roseaux, assise sur un tertre et le bras appuyé sur une urne d'où l'eau s'échappe en cascades. Elle est revêtue d'une robe blanchâtre recouverte en partie d'une draperie bleue qui flotte sur ses épaules.

DETROY (François) (*Signé*)

8. — Portrait de Dame de la cour de Louis XIV en Cérès.

Elle est représentée debout, tenant une serpe d'une main et une gerbe de blé de l'autre. Elle est vêtue d'une robe jaune avec draperie.

Dans le fond on aperçoit la campagne.

Ces deux superbes portraits sont dans leur riche bordure en bois sculpté, de l'époque de Louis XIV, et sont signés François DETROY, à Paris, en 1723.

FRAGONARD (H.)

9 — Sujet mythologique.

Diane découvre la grossesse de Calisto. Au-dessus de ces divinités l'Amour secoue une torche enflammée.

GERARD (Mlle)

10. — La Lecture.

Dans un intérieur de style Louis XVI une jeune femme, la tête couverte d'un chapeau orné de fleurs et vêtue d'une robe violette, est occupée à lire dans un grand livre posé sur une table. Près d'elle un chien au repos.

GREUZE

11. — Les Deux Frères.

Ils sont représentés tous deux en costume de la fin du regne de Louis XVI; l'un, le plus jeune, à la mine éveillée, appuyé sur l'épaule de son frère aîné.

VAN GOYEN (*Attribué à*)

12. — Village de Hollande.

Un château fort et diverses maisons rustiques bordent un canal sous lequel on voit des pêcheurs occupés à tirer leurs filets.

DE HEEM (D.)

13. — Nature morte.

Divers fruits et un verre de Venise sont posés sur une table couverte d'un tapis bleu à franges.

VAN HOVE (*Signé*)

14. — Effet de neige.

A l'entrée d'un village des Flandres, on aperçoit une bordée de maisons dans le style gothique et un château fort couverts de neige ; quelques figures animent ce tableau.

LEBRUN (Mme)

15. — Portrait de Jeune Dame.

Elle est représentée avec un ruban bleu dans les cheveux et les épaules couvertes d'une gaze noire.

VAN LEYDEN (P.) (*Signé et daté 1636*)

16. — Intérieur de palais.

A gauche, des dames et des cavaliers en costume de l'époque de Louis XIII sont à table dans un appartement retiré; au premier plan et à droite des personnages se promènent en causant dans l'entrée du palais.

MIGNON (A.)

17. — Nature morte.

Des branches de fruits de toutes sortes sont posées sur une console de pierre et entourent un buste de femme couronné de pampres et d'épis. On aperçoit dans le fond un paysage avec ruines.

MICHEL

18. — Le Départ pour le marché.

Dans un site montagneux et au milieu d'une route sablonneuse on aperçoit un voiturier et divers animaux. A gauche, un cours d'eau.

METZU

19. — Le Déjeuner galant.

Un paysan est attablé le verre en main, et fait la cour à une servante qui tient une chope d'étain et ne semble pas faire attention au galant tout en prenant part au déjeuner.
Tableau d'une grande finesse d'exécution.

DIRK MAAS

20: — La Chasse au cerf.

Le roi, en costume bleu et portant l'ordre du Saint-Esprit, montre aux seigneurs de sa suite le cerf que les chiens viennent de forcer à se jeter à l'eau. Dans le fond, on voit un château entouré d'un parc.

DIRK MAAS

21. — Le Manége.

Deux personnages en costume de l'époque de Louis XIV examinent des chevaux que tiennent des valets. A gauche, une
femme trait une chèvre. Dans le fond, des cavaliers font le manége.

POELEMBURG

22. — Paysage avec ruines.

Dans une campagne ornée de monuments en ruine, on aperçoit des bergers occupés à faire paître leurs troupeaux.

SNEYDERS (F.)

23. — Nature morte.

Un chevreuil est supendu par les pattes et repose en partie
sur une table où l'on aperçoit un vase en porcelaine du Japon
rempli de fruits, deux perdrix et quelques légumes. Des chiens
sont en arrêt aux deux extrémités de la table.

SNEYDERS (F.)

24. — Nature morte.

Un panier de fruits et divers gibiers sont posés sur une
table couverte d'un tapis rouge; un chien examine le gibier.

STEEN (JEAN) (*Signé*)

25. — Les Joueurs de boule.

Un joyeux couple sort en dansant d'une taverne, en faisant
leurs adieux à un ami qui les accompagne le verre à la main,
un autre fait de la musique sur leur passage. — Plus loin, un
paysan couché regarde en fumant un autre couple qui se livre à
de joyeux ébats. — Dans le fond du paysage on aperçoit des
paysans jouant aux boules.

Cette composition importante a été gravée.

SWEBACH

26. — L'Abreuvoir.

Des soldats en costume de la première république se sont
arrêtés près d'une fontaine et font rafraichir leurs montures. —
Dans le fond on aperçoit un camp.

VAN ARTOIS et TENIERS

27. — Paysage avec figures.

Dans une campagne traversée par un cours d'eau où l'on voit une barque de plaisance, divers personnages debout sont occupés à causer.

Les figures de ce tableau sont faites par David TENIERS.

TENIERS (DAVID) (*Signé*)

28. — Le Tonnelier.

Un paysan debout, appuyé sur un bâton, examine attentivement un homme occupé à arranger des tonneaux; au second plan, on aperçoit un village.

TORENBURG (*Signé*)

29. — Vue d'Amsterdam.

On aperçoit, le long d'un canal, une partie de la ville et de ses monuments.

TORENBURG

30. — Autre Vue intérieure de la ville avec ses canaux et ses ponts.

Ces deux tableaux formant pendants sont animés par un grand nombre de figures et rappellent, par leur précieuse exécution, les tableaux de Van der Heyden.

THÉAULON

31. — Intérieur d'une grotte.

Sur la gauche, se trouve une fontaine ornée de bas-reliefs, dans laquelle des femmes se baignent ; plus loin, divers groupes de figures, et, dans le fond, un petit village se dessine à l'horizon.

THÉAULON

32. — Pendant du précédent.

WYNANTZ (*Signé*)

33. — Le Départ pour le marché.

Au milieu d'une campagne, ornée, de chaque côté, de bouquets d'arbres, on aperçoit sur une route sablonneuse un paysan conduisant au marché un troupeau de vaches et de moutons.

MEUBLES

ET OBJETS D'ART

34. — Charmante petite commode *Louis XIV*, en bois de couleur orné de très-belle marqueterie à losanges, et enrichi de bronze doré très-finement ciselé.

35. — Grande armoire-cabinet à caisse en bois d'érable, avec colonne plate à chapiteaux de bronze et ornée d'appliques en bronze doré garni de clous en relief, *époque Louis XIV*.

36. — Bureau plat à quatre faces, à caisse et tiroirs en acajou, très-richement orné de bronze doré, *époque Louis XVI*.

37. — Meuble en cabinet en ébène et écaille, de *l'époque Louis XIV*. — Ce meuble, tout plaqué en écaille rouge, est supporté sur un socle, et orné de bronze doré et repoussé sur tous les tiroirs.

38. — Jolie petite pendule *Louis XVI* à ornements et fleurs. Elle est en marbre blanc et bronze doré très-finement ciselé.

39. — Deux petits candélabres également en marbre et bronze
doré, à trois lumières.

40. — Petit buste de Jeune Fille en marbre blanc.

41. — Petit buste de Jeune Garçon, la tête couronnée de
pampres.

42. — Statuette de Baigneuse en marbre blanc.

PARIS. — J. CLAYE, IMPRIMEUR, 7, RUE SAINT-BENOIT. — |2042|